健康川柳

一日一句
医者いらず

近藤勝重
Katsushige Kondo

幻冬舎

一日一句医者いらず

健康川柳

まえがき――健康川柳は「現代の養生訓」です

日本人は昔から「ほどほど」ということにこだわってきました。それは物事の程度にかかわることわざが時代を超えて広く伝わっていることで明らかです。「腹八分目」や「過ぎたるはなお及《およ》ばざるがごとし」などはよく知られていますが、ほかにも――

・世の中は九分が十分
・十分はこぼれる
・六、七分の勝ちを十分となす
・欲に頂なし
・酒三杯は身のクスリ
・無理は三度
・薬も過ぐれば毒となる
・信心過ぎて極楽を通り越す
・花は半開、酒はほろ酔い
・木強ければすなわち折る

・あきらめは心の養生

……と際限がないほどあります。

いずれにしてもその大半は生き方の指針、ないしは健康法に関するもので、それらの言葉には先人の知恵がぎゅっと詰まっている印象です。当たり前のように「がんばれよ」「がんばります」でやってきた日本人が、その実、昔からがんばりすぎを戒《いまし》めていたことにあらためて気づかされます。

ただ、これらのことわざは概して教訓的です。ある学者がことわざについて「体験と論理をつなぐ感覚的な論理」と解釈していました。なるほどその通りです。ちゃんと筋道だっていてよくわかる。ですが残念ながら論理的である点で笑いの要素に乏《とぼ》しいのです。そこへいくと普段の健康法や病院通いのつれづれなどを詠んだ「健康川柳」は、そこに人間のおかしくもあり、切なくもある姿を浮かび上がらせてくれるので、身近なドラマ性に富んでいます。

選者役のぼくの姓を取った「近藤流健康川柳」は、毎日新聞大阪本社が二〇〇七年四月から毎日放送（ＭＢＳ）ラジオの『はやみみラジオ！　水野晶子です』との共催で始めた企画です。新聞とラジオで募集した句の中から、ぼくが毎日（平日のみ）一句を選出し、紙面で紹介しています。また日々の優秀句以外にも、月の佳作として十作品を選んでいます。

こうして、新聞の読者、ラジオのリスナーのあいだで日を追って広がりを見せ、今では中高年層を中心に「現代の養生訓」として人気を得ているようです。

本書は二万句を超える投句数の中から選んだそれらの優秀句を収めていますが、なるほどとガッテンでき、かつ笑いたくなる作品ばかりですので、句によっては名言やことわざ以上のありがたみがあろうかと思われます。

以前、東京都老人総合研究所の先生に長寿と老化についてお話をうかがったことがあるのですが、長寿者にはくよくよしないタイプが多いということでした。

といって、ご長寿の方に気持ちが落ち込むような失敗体験がなかったというのではないのです。いろいろあってもそこでひるまず、前向きに人生を乗り越えてきて、「否定的な物言いはほとんどしない」というのです。

これについては、記憶をつかさどる脳の海馬《かいば》とのかかわりが今後の研究課題のようでしたが、要は嫌なことは早く忘れ、楽しく生きようという、そんな楽天的な人生観が大切ということでしょう。

健康川柳には、そういう生き方のヒントになりそうな句がたくさんあります。期待してページをくってみてください。

もちろん教訓も何も、ただただおかしい句もあります。思いっきり笑ってください。

各章の終わりには、毎日放送ラジオで四回にわたって放送された「近藤流川柳教室」も加筆して掲載しました。川柳の基本や作句のコツなどを紹介しています。アナウンサーの水野晶子さんとの対談形式になっていますので、初心者でも気軽に読める内容となっています。

世の中、腹の立つことや思うにまかせないことでいっぱいです。でも川柳を詠んでストンと落としてオチをつけると、どうにもならないと思っていたことも、けっこう笑い飛ばせたりするものです。

それに五・七・五と指折り数えての作句は、自らの内面はもちろん、世の中の出来事への関心を高め、必要な情報が右脳と左脳を行き交いますので、おのずと脳が鍛えられます。かつ笑いの効用などを考えますと、健康川柳はまさに「一日一句医者いらず」、しあわせの五・七・五かとも思われます。

そうそう二〇〇八年四月からは『はやみみラジオ！　水野晶子です』に代わって同じくMBSラジオの健康川柳番組『しあわせの五・七・五』との共催になりました。ますますの広がりが期待されています。

みなさんも本書とともに一句ひねってみませんか。

近藤勝重

一日一句医者いらず　健康川柳　目次

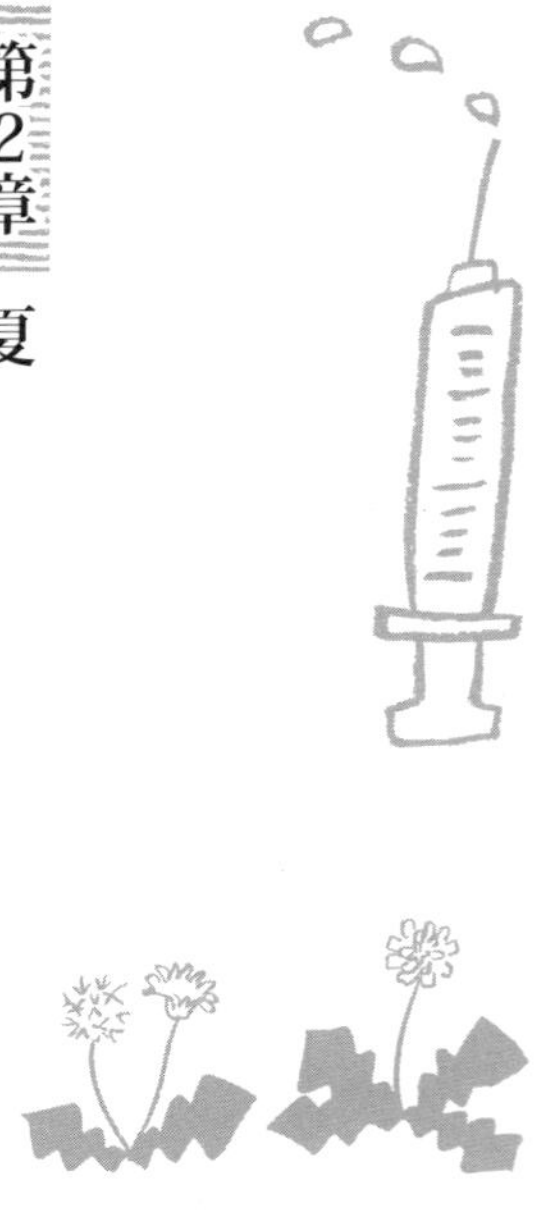

第3章 秋

第4章 冬

本書は、毎日新聞大阪本社発行紙面に掲載された「近藤流健康川柳」の川柳作品のうち、二〇〇七年四月から二〇〇八年三月末までの間に選考された作品について、作者の承諾を得られた句を掲載しています。一部の句は、地域によって新聞の掲載月が異なっています。

本書の売り上げの一部は「毎日新聞大阪社会事業団」が主催する「小児がん制圧募金」に寄付されます。

編集協力：毎日新聞大阪本社／毎日放送ラジオ局報道部
ブックデザイン＋ＤＴＰ：オフィスＬＥＡＤ
本文デザイン協力：髙田惠子（TAKADA Design Rooom）
イラスト：丸山誠司

第1章
春

［四月の月間賞］

おもいっきりガッテンしてもすぐ忘れ

吉田エミ子

さっき見たことも聞いたことも忘れている。気にされている方、たくさんいらっしゃるでしょうね。でも、忘れてしまえばガンだって何だって忘却のかなたに押しやることができます。形あるものも実体がなくなり、不安も同時に解消されるのです。忘れる。いいじゃないですか。

笑いましょ薬飲むより笑いましょ

山本光雄

万歩計少し足りずに四股《しこ》を踏む

太田本一

孫抱いた時は忘れる五十肩

奥山節子

神様がゆっくりしなと風邪をくれ

大山登美男

血圧の上がり下がりはトラ次第

ぶーママ

電話来て母の仮病に逢いにゆく

西夕陽

おじいちゃんかけ声だけが腹筋し

あといっぽ

朝の窓開けて大空まず食べる

佐々木真美

健康を夜通し語る不健康

田渕聖一

深呼吸いっしょに愚痴も出しちゃおう

栗田道代

自分史にまだいきいきとした余白

千葉たけし

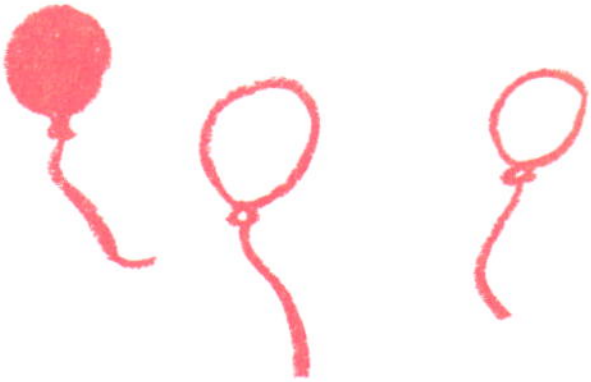

あれ効くと母から電話90才

渡辺研吾

気になって読めないカルテのぞき込み

岡宏明

病名を聞けば年齢《とし》だと医者は言い

神田通彦

仏壇の父と一緒に禁煙し

猪俣英治

医者ほどの知識がちょっと鼻につき

長井敬二

絶対にだきょうはしない万歩計

後藤和夫

あのひとの思わぬ笑みに元気を得

角田宏

お医者さんデータじゃなくて私診《み》て

徳留節

ストレスが無さそと言われストレスに

てぬきうどんの女

もうハーフもうハーフして喜寿迎ふ

立石正實

禁煙で知った主治医のヤニくささ

居谷真理子

聞こえない振りをしている老いの知恵

熊沢政幸

朝起きてにっこり笑い鏡見る

長谷川千代子

風邪に伏せ夫炊く粥《かゆ》梅旨《うま》し

近藤三容子

続けよう3日坊主を何度でも

大鹿新次

寝たきりの母に健康気遣《づか》われ
西田いちお

結石をカラットで聞くセレブかな
松本利博

おにぎりがこんなに旨いハイキング
西川文子

山歩き足も笑うが気も笑う
森下貴之

長生きの秘訣《ひけつ》聞くかよ同い年

小川陸

フィットネス身体跳ねずに肉跳ねる

ユイピー

深呼吸きのうの憂《う》さを入れ替える

前川昭

＊選者から〜四月の優秀句を振り返って＊

「忘れる」健康法

健康を五・七・五に詠み込むとなると、自分のありようを笑い、チクリと刺すことにもなります。

そこに描き出されるのは、生身の人間の姿です。しかしそれが健康川柳の持ち味。その姿を笑いつつも、人ごとではないな、と身につまされるのです。

さて最初となる月間賞には「おもいっきりガッテンしてもすぐ忘れ」を選ばせていただきました。テレビの健康情報番組にひっかけたセンスと自分へのツッコミがいいですね。ぼくはこの句に「忘れたっていいじゃないですか」とガッテンしていました。

おそらく究極の健康法は、どんな病をも忘れてしまうことではないでしょうか。テレビの番組があれこれ言うことをいちいち本気にしていたら、かえっておかしくなるにちがいありません。言うところの「健康病」というやつです。

月間賞の作者は、一日一句を楽しみつつ、医者いらずの生活を送っているお方では、と勝手な想像をしています。

［五月の月間賞］［「初春・近藤流川柳の集い」会場賞］

悩んでも悩まなくても朝は来る

たるちゃん

そのとおり！　と思わずガッテンしていました。作者はきっとこう呼びかけているでしょう。みなさんも耳を傾けてください。

「くよくよ思わず、一日一日を楽しく過ごすんですよ」

「明日は明日の風が吹く。ケ・セラ・セラでいいじゃないですか」

「そして期が来れば、さァーという気分でまた歩き出しましょう」

朝一は今日もしあわせ言ってみる
小島敏夫

いやな事見ない聞かないしゃべらない
中岡美代子

川柳をひねりひねって脳ほぐす
中村光恵

この家はジムかエステか薬局か
ボンク

リハビリにポイントカード無いですか

濱田力

シワ有れどうちの村では若い衆

田村靖彦

一病を持って他人がよく分かり

伊藤俊春

かゆい背に老母の手荒れ心地よい

津川トシノ

ウォーキング出合わぬ人の身を案じ

古田稔

ねころんで体操するとねてしまう

鯉口

補聴器を外して妻の吠《ほ》える声

きよつぐ

朝刊をまだかまだかと待つ歳に

コルボ

死にたいと口ぐせなのに医者通い

橋本ミヤ子

一駅を電車横目に歩いてる

菟原満

ストレスもハードルにして生きてます

土居多美子

撮影にポーズはいらぬ内視鏡

千葉たけし

食卓におはようの声三世代

プリティーウーマンの夫

ストレッチ忍耐いるが金いらぬ

高須希世

おーいお茶耳遠なったふりをする

河野亜友美

譲っても譲られたことない座席

寺井柳童

明日からうん明日から明日から

福田務

ストレスと医者に言われてまた悩む

尾松富正

長電話終わって妻は晴々と

まきばひろし

まだ捨てた者じゃないわと紅を引く

上田美保子

泣きなさい笑いなさいと老け防止

長岡泉加

自分より孫が咳《せ》きこみ禁煙す

石井治

第1章 春

入るなり老人会の健康児

山本英毅

ボチボチと関西弁で癒される

西郷隆雄

疲れたなでもあの丘を越えてきた

中川次郎

老い半ば脳にやりたい顔の皺《しわ》
白根清子

あちこちの痛みは生きている証拠
酒みちる

元気かと老いぼれ犬が上目にて
奥島徹

美人湯か長寿の湯かで迷う年齢《とし》
吉田エミ子

＊選者から～五月の優秀句を振り返って＊

心地よい健康のリズム

みなさんの健康川柳は、縦書き一行で掲載しています。上中下《かみなかしも》の五・七・五で一マス開けたり、改行しなくても、五・七・五の十七音であれば、そのリズムに即してすっと読めるからです。川柳の魅力は、工夫して十七音にまとめる喜びでもあるわけです。

さて五月の月間賞の「悩んでも悩まなくても朝は来る」も、じつにテンポ良く健康の極意のようなものを詠み込んでいます。

事象を客観的にとらえた句にも良い句がありますが、どちらかと言うとぼくは、自分自身とつながった一人称の句が好きです。月間賞の句も、作者自らの体験を経ての心境でしょう。

聖書の言葉ではないですが、今日のことは今日にて足れり、です。

日本人にはよくなじむ五・七・五のひと続きのリズムのように、日々日々また日々と心地よい健康のリズムを整えたいものですね。

［六月の月間賞］［毎日新聞編集局長賞］

また出会いときめきときめきばえ日々歩く

西脇久

人間は頭から足へと順に発達し、老いると逆に足から順に衰えていくのだそうです。たしかに年を取ると、まず足が弱り、次に腰が弱り、ついには寝た切りになって脳の働きもにぶってしまう。それじゃいけません。歩きましょう。そしてときめきましょう。あとの選評のところでふれていますが、歩くプラスときめきほど健康にいいものはないようですよ。

健康は健康な時気付かない

南絹子

歩かんと太っとらんと歩かんと

田村洋三

今日この日自己最長寿記録です

徳留節

長生きの血筋信じてケセラセラ

川崎憲治

腹八分卆寿《そつじゅ》が言えばある重み

きよつぐ

腰にきた小銭拾えず崩れ落ち

藤本和男

医者いわく死ぬほど寝ろという処方

猪俣英治

子を真似て裸足で土を踏んでみる

長浜信浩

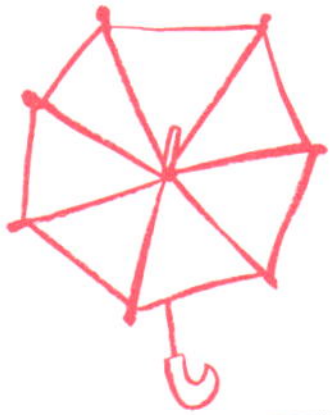

気にしても気にしなくても歳は行き

太田本一

万歩には足らぬとおやじ傘さして

久保進

亡き犬の友をたずねるウォーキング

リリー・ローズ

病院に来ないあの人病気かな

田中慶子

時々は手抜き息抜きしなければ
羽田野洋介

朝ごはん幸せの音かみしめる
保田龍子

元気だよひと言で済むありがたさ
矢野仁志

長湯をし今日は三回覗《のぞ》かれる
安藤久子

社保庁のおかげで五感目を覚まし

角田宏

顔体操してるところを見られてた

松村延子

豆食べてまめに暮らせと祖母卆寿《そつじゅ》

丸尾玲子

うちの庭薔薇《ばら》にアロエにとげばかり

糸井淳治

問診で医者にヒントを与えてる

ひであつ

病歴は恋患いと書いておく

佐古由布子

他人には体に良いと言えるのに

丸山健

定年後妻の言い付け書き留める

吉川泰司

雨音と夫の寝息心地好い

福井恵子

二の腕が僕には見える太ももに

溝呂木雅夫

ありがたいまだ生身だな風邪をひく

濱田力

子が病気自分の病ふと忘れ

濱納一宏

出かけようときめいた地にもう一度

槇下博子

病床の妻に味見の匙《さじ》運ぶ

西郷隆雄

目は一重《ひとえ》顎《あご》は二重《ふたえ》で腹は三重《みえ》

松本利博

寝る前に今日の良い事思い出す

コルボ

高血圧ニュース見るなと医者はいい

庄司仁志

夏だから暑いというな暑いから

山本英毅

ときめきがどうきに変わる更年期

鯉口

＊選者から〜六月の優秀句を振り返って＊

ときめき忘れず

六月の月間賞は「また出会いときめきめばえ日々歩く」と「病歴は恋患いと書いておく」のあいだで悩んだ末、「また出会い――」を採りました。

ときめき、すなわち恋心は脳の老化を防ぐと脳科学者の大島清氏が快老法として提唱しているほどです。ちなみにその快老法は力行でして、カ＝感動、キ＝興味、ク＝工夫、ケ＝健康、そしてコ＝恋心というわけです。

大島氏は歩きつつ四季の自然に感動を覚え、興味を抱くことをすすめられています。歩けば脳は「快」の感情を覚え、それは恋のときめきと同じ反応だとも著書に書いています。そうだとすると月間賞のように歩きつつ恋心を覚えるというのは、快老法の極みですよね。

投句される作品のレベルも高くなってきました。「腰にきた小銭拾えず崩れ落ち」「病院に来ないあの人病気かな」「元気だよひと言で済むありがたさ」……月間賞に並ぶ良い句です。

恋の五・七・五は、そのうち健康川柳の一角を占めることでしょう。

近藤流川柳教室　第1回

水野――みなさん、こんにちは。MBSアナウンサーの水野晶子です。「川柳は好きやけど難しいことはようわからん。そやけどちょっと一句ひねってみたい」、そんな方はたくさんいらっしゃるようでございまして。そこで、健康川柳の選者役でもある、師範の近藤勝重さんに初歩からの川柳教室を開いてもらいましょう。「近藤流川柳教室」の開講です。

近藤――はい、わかりました。何から始めましょうか。

水野――ラジオネーム「早起きおばさん」も言うてはりますけど、川柳って難しいイメージがあって、なかなか踏み込めない。字数に収めるのが大変だと。

近藤――そうすると、今日の話のポイントは五七五ですね。五七五の十七音に収める。それが基本です。ちゃんと上五《かみご》、中七《なかしち》、下五《しもご》と、上中下《かみなかしも》を五音七音五音に整えることを定型と言いますが、五音と七音は日本語によくなじむんですね。

水野――昔からの日本語にあるリズムですよね。

近藤――このあいだ、毎日新聞の夕刊に出てました。たしかラジオのリスナーの方の句だったと思います。「血圧の上がり下がりはトラ次第」

水野――ああ、なるほど。うまいなあ。

近藤――指を折って数えてみてください。五七五になってますから。

水野――これを「阪神次第」ってしたら五に収まらない。阪神を「トラ」と言いかえたことによって定型に収まりました。

近藤――そう、おっしゃるとおりです。

水野――五音になるわけですよね。

近藤――数え方は、字数で数えるのは正確ではないんです。音数で数える。ですから「十七音」であって、「十七字」とは言いません。ここのところは気をつけてほしいですね。たとえば「残念」。何音になりますか？

水野――四つでしょ？「ざんねん」……。

近藤――「ん」っていうのは撥音《はつおん》と言いまして、一音に数えます。だから「ざんねん」というのは四音になるんですね。

水野――四音なんだ。

近藤――はい。それでは「ちっぽけ」あるいは「きっぱり」、「切手」、「ラッパ」。みんな小さい「っ」が入ります。これは促音《そくおん》と言ってつまる音ですが、すべて一音に入れてください。

水野――ええー？

近藤――「ちっぽけ」で三音だって言ったら間違いなんです。

水野――四つですの？

近藤――「ちつぽけ」なんです。「つ」っていう音、出してますよ。

水野――「きつて」。「ラッパ」。

近藤――それで三音なんです。それでは次に「サーカス」。「ー」の部分が長く伸びますね。これを長音と言います。「サーカス」。伸びる音も一音に入れます。「サーカス」だから三音だ、と計算すると、おかしくなるわけです。

水野――「サ・ア・カ・ス」、四つ。「ビ・イ・ル」も三つ。

近藤――そうですね。先日、阪神タイガースの金本選手が誕生日に打ったとき、「バースデイ打って守って兄貴の日」という句がありましたが、「バースデイ」、ちゃんと五音、えらいな、と思いました。

水野――「バ・ア・ス・デ・イ」、そうか……。

近藤――こういうぐあいにちゃんと収めてほしいですね。で、もうひとつ大事なのが「きゃ」とか「しゅ」とか「ちょ」とか、「やゆよ」を小さく書く、これを拗音《ようおん》と言ってます。かな二字で表わしますが、一音。「くゎ」もありますね。

水野――「少年」はじゃあ四つですか？　「しょ・う・ね・ん」。

近藤――そうです、そのとおり。よくできました。

水野――なら、お金のこと、キャッシュは？

近藤――キャッシュ？　――「キャ」で一音。

水野――「キャ」で一音……。

近藤――ちっちゃい「ッ」、入りますよ。

水野――「ッ」は？　――ちっちゃい「ッ」やから一音でしょ？

近藤――そうです。つまり「キャッ」で二音ということですね。

水野――「キャ」で一音、「ッ」で一音、「シュ」で一音？

近藤――そうです。というわけで「キャッシュ」は全部で三音です。いい質問ですね。

水野――質問はできますねん（笑）。

近藤――水野さん、ちょっとやってみましょうか。「百円ですくった金魚みな元気」。

俳句の入門書に出ていた例句ですが、何音になっているか計算してみてください。

水野――ちゃんといけてるように思いますけどね。

近藤――いけてる。「ひゃ」で一音。これで一で計算します。ひゃくえ、「ん」、「ん」も一音。「百円で」五音になってます。「すくった金魚」。「すくつ」、「つ」は一音に入ります。

水野――「すくつた」ですね。

近藤――そうです。で、「金」。「ん」が一音。「魚」、「ぎょ」でこれ一音でいいんです。で、「すくった金魚」で七音です。

水野――ちゃんと七つでいけてる。

近藤――七つになってる。「みな元気」、「ん」も一音ですから五音になる、と。

水野――でもね、私ね、そういう法則のとおりにいちいち計算しないでも、聞いた感じがきれいやったらいけてるような感じがする。

近藤――おっしゃるとおり。

水野――さっきの句もそれでいけてると思ったんですけど、きっちり分析したらほんまにいけてますやん。

近藤——川柳はスッと読めるかどうか、それで十七音のリズムの良し悪しがすぐわかるんです。だから川柳は一行で縦に書いて、そこに読点も句点も何もいらない。ちゃんと頭から読めばリズムにかなっている。これが川柳という短詩の味わいでもあるわけですね。

水野——じゃ、声に出して作ったほうがよろしいね。

近藤——声に出して作ってスッといけば。スッといかないときは——たとえば水野さんがいつか作ってくれたなかで「健康本立ち読みしすぎで腰痛い」。なんかスッキリいきません。スッキリいかないときはたいてい真ん中が八音になっています。「健康本立ち読みしすぎ」で切ってしまえば、スッと七音で。「健康本立ち読みしすぎで」、「で」がつくから中八《なかはち》といってリズムがこわれている。これ、嫌われるんですよ。

水野——リズム、崩れるんだ。

近藤——そうです。いろいろありますが、この話の続きは次章でやりましょう。

第2章 夏

［七月の月間賞］［毎日放送ラジオ局長賞］

初恋の人も同じか関節痛

中口信夫

同窓会で彼女が関節痛だと知ったのでしょうか。お開きになったあとの話題は、三、四十代の同窓会だと、「女の子」のことでしょうが、五、六十代にもなると、関節痛など「持病」がかなりの割合を占めます。次いで年齢とか親の介護。成り行きで墓地の話題になり、誰かが「じゃボチボチ」なんてオヤジギャグを飛ばしたのをしおに、店を出る。駅までの道、口ずさむのは〽あーあー川の流れのように……でしょうか。

孫四人一人呼ぶのに四人の名

蛸鶴

無事という二文字かみしめ生きていこ

村角幹子

能天気だから私は生き残る

熊崎安襄

大家族病気も逃げるにぎやかさ

藤井宏造

まあいいや何とかなるが私流

西林香菜

ナツメロに二十歳のころの気をもらう

徳留節

体重計毎日乗ればこわくない

田尾暉年

笑うほど免疫力の増すこころ

井上良彦

女専車に乗るのためらう七十歳

ターキー

クラス会皆たそがれた顔並ぶ

西村和子

やせとけと介護する気か娘言う

早起きテルチャン

無料パスすっと通れていと淋《さび》し

大野幸夫

ダイエット日めくり先にやせていく
カズさん

見せしめに空の酒ビン捨てぬ妻
山本英毅

また来たか頼みもしない誕生日
広田裕彦

ストレスがスイッチ入れる不整脈
高田久子

ふくよかと褒められ止めたダイエット

堂上忠

元気かとさんざん喋《しゃべ》り誰やった

増石民子

体内で善と悪玉競い合う

大山登美男

一歩先朝の散歩も妻元気

塚本皓一

一畳の湯舟に浸る極楽よ

井坪芙美

見舞い来て妻疲れしか居眠りし

寿美久良よしお

この年金《かね》は病気なんぞに使えない

甲田和孝

健康が歩くだけとはまるもうけ
福井恵子

脳トレで右脳左脳がてんてこまい
安達肇

長生きし年金多く取ってやる
川崎衣子

数々の苦労を笑って話すひと
あらきみやこ

蚊を叩《たた》き誰の血やろと周り見る

庄司仁志

十年も通って医者の悩み聞く

川野弘昭

健康のためにと我慢しない父

福井恵子

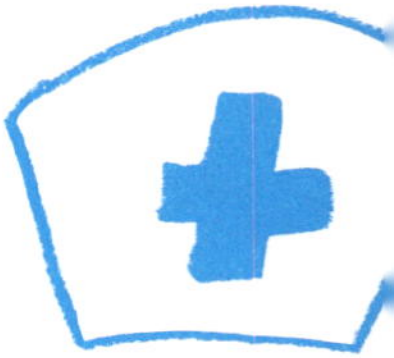

若いねと言われたいから歳を言う

内本恵美子

たわむれに疲れうたた寝爺《じい》と孫

松本利博

待ち合いで病気博士が並んでる

田原勝弘

平均の寿命のあたりを今日も生き

前田忍

＊選者から〜七月の優秀句を振り返って＊

ああ歳月

七月の月間賞には「初恋の人も同じか関節痛」を採りました。

ここで詠まれているのは「歳月」です。それを詠み込むのに「初恋の人」と甘美に切り出して「関節痛」と容赦なく落とす。これが川柳のたまらんところです。

川柳の要素に「おかしみ」「軽み」とともに、微妙な点を突いたり、意表外なことを言い表す「穿《うが》ち」があります。決してきれいごとではすませない表現法で、月間賞にはそれに通じる冴《さ》えがありますね。

「クラス会皆たそがれた顔並ぶ」にもぼくの心は動きました。いや実際、過ぎに過ぐるもの、人の齢《よわい》です。

クラス会となると男はマドンナの姿を追うものですが、そのマドンナも容色の衰えは隠せない。えくぼや口もとに残る面影がかえってつらいですね。

歳月は本当に無情ですが、しかし同時代を生きてきた者同士が集い、飲み、歌い、語らうひと時は貴重です。何か力をいただいた感じがあります。それは決してパワフルな力ではなく、肩に手をかけてくれたような優しい力です。

力をいただけば、歩きましょう。少々の関節痛なら歩け、歩けです。

［八月の月間賞］

「美しい」鏡を見つめ言いきかす

てぬきうどんの女

東大教授の原島博先生が健康法として「顔訓13カ条」を提唱しています。その②に「顔は見られることによって美しくなる」、その③に「顔はほめられることによって美しくなる」とあります。人に見られることがなければ、自分がその役をつとめる。この句の作者のように——。

失恋の痛手は恋が治療薬　佐古由布子

健康を考えるほど暇があり　熊崎安襄

お互いの耳遠くなり平和です　喜多静子

感謝する感謝のできる今日の日を　中村光恵

□うるさい午睡の妻はおちょぼ口　濱田力

喜寿むかえ還暦さわぎなつかしく　大野幸夫

病院でつい元気かとアイサツし　勝部泰臣

レントゲン胸の悩みは写らない　前田耕一

七十を羨《うらや》ましいという八十

あらきみやこ

他人《ひと》の飲む薬効いてるように見え

岡田新一郎

気になる日そうでもない日蟬《せみ》しぐれ

寺井柳童

よく嚙《か》もう呑めば二度とは嚙めはせぬ

久保進

とりあえず外出すると元気でる

吉田エミ子

病床で小さな虫に励まされ

酒みちる

じいちゃんの駄洒落《だじゃれ》でこける孫がいる

糸井淳治

ここにもかゲートボールに王子様

松本利博

この夏をなんとかこせば母の年

島田アサコ

「愛してる」アホか言いつつ嬉《うれ》しそう

佐古由布子

同じこと三回も言いにらまれた

福井恵子

長生きの父がだんだん偉く見え

西沢喜文

確認すクスリ飲んだかゴミ箱を
増石民子

いま元気今しかないと飛び回る
西岡須美代

ぐうたらと手抜きで暑さ乗り切れる
池田敏江

問診は妻がすべてを答えてる
西郷隆雄

やせたかな影にきいてるダイエット

前田忍

好きなこと違うも楽し老いふたり

佐伯恵美子

ママですよイヌを呼ぶのにバアさんが

山本英毅

朝顔に今朝も声かけウォーキング

中村立身

孫とジイ自慢比べの夏休み

岡本祥子

百段を走って減らす二段腹

徳留節

側《そば》にいる家内が居らず眠られず

藤井悦郎

分かってるよな顔をしてそっと聞く

西郷隆雄

血圧は嫁と同じで七変化

和泉雄幸

この世には納得いかぬ別れあり

上田美保子

長生きの競走しようと友の文

竹下栞

✽選者から～八月の優秀句を振り返って✽

「美しい」の効果

楽しいから歩く。歩くから楽しい。楽しいから笑う。笑うから楽しい。こういう心と体の一体感は、脳の働きで説明がつくようです。まずはやってみること。その気になってみることですね。

日本医科大学の高柳和江准教授は、自然治癒力のアップには笑いが一番とおっしゃって、「笑いの処方せん」なるものを出しています。その一つに「私は何とハンサムだ（美しいのでしょう）と心から思いながら笑う」というのがあります。

この処方せんの効果のほども報告されていますが、八月の月間賞「『美しい』鏡を見つめ言いきかす」は、そういう点でも実に優れた健康川柳なわけです。

朝、顔を洗う。鏡を見る。その際、鏡の自分に声をかける。「ハンサムだ」とか「美しい」と言いにくければ、「自分が一番」でも、「さァー今日も楽しく行こう」でもいい。大切なのは自分の声を自分自身がちゃんと受け止めることです。何か朝から重たい気分になっていたとき、鏡の自分へのひと言はけっこう効きます。「美しい」なんて言葉が効けば、心の奥の方からフツフツと力がわいてくるのではないでしょうか。

八月の作品では「『愛してる』アホか言いつつ嬉《うれ》しそう」にも心が動きました。「愛してる」といった言葉も効くでしょう。たぶん。

［九月の月間賞］

うちの風呂癒やしの旅の疲れとる

きよつぐ

「うちが一番」と言えば、大阪の川柳結社「番傘」を率いた岸本水府（一八九二〜一九六五）の「ぬぎすててうちがいちばんよいという」という有名な句があります。月間賞の句は名だたる柳人のそんな名句を想起させますが、「癒やしの旅の」と詠んだところに今日の作品ならではの味わいがありますね。

見納めと見納めと生き遠花火

大前規代

一目惚《ぼ》れまだあったんだ恋心

中垣一美

息災を白い目で見る老い仲間

大矢伸

逢《あ》いたいも健康次第の歳となる

佐古由布子

もうダメと頭は言うが箸《はし》が出る

原山ふみ代

聞き上手褒め上手さん皆元気

渡辺洋子

体重欄ヒミツと書いた問診票

前田耕一

老い二人森林浴で腕を組み

高田美津子

まだ古希と十年満期に切り換える

下原弘子

親健在頭上がらぬ七十歳

寺井柳童

膝《ひざ》痛い言えば助言がどっと来て

気分はビタースイート

見舞い行き川柳浮かぶ不真面目さ

てぬきうどんの女

死ぬまでに何億回も息できる

徳留節

薬待つ合間に一句気も晴れる

森修一

松茸《まつたけ》を眺めて匂《にお》い思い出す

庄司仁志

初めての嬉し悲しの無料パス

松尾宏子

逆立ちし自分の目方思い知る

チャーブ、カホチチ

フラダンス手の先だけが波に乗り

佐伯恵美子

金よりも笑顔ばらまくあんた好き

邪素民

しあわせは眠ったときと起きたとき

酒みちる

鉄人の連続超える妻の家事

百田辰雄

生かじり医学知識で金縛り

後藤和夫

黄信号もう走らない六十五

前田耕一

赤い糸結びちがって茶飲み友

西脇久

苦しいと言わない母は癒やし系

西川重野

運動で適度と言えば孫の守

田中義人

懐も心もガードレールいる

谷口みずき

かまへんやん今日も一日ようやった

かんたん君

大空へ小さな悩み放り投げ

西田いちお

老人会70歳が若手やて

韓昌秀

落ち込みを忘れ去るよなひとに会い

松本利博

退院の翌日レンジ磨く母

奥山節子

選者から〜九月の優秀句を振り返って

本音と建前の落差

家では本音で振る舞えても、一歩外に出れば、建前が身についていないとやっていけない。家の内と外の違いが際立つのは、外から家に帰って来た時につぶやく一言です。

「うちが一番」

おそらくみなさんも、そんな一言を口にした体験がおありでしょう。家だと何ら飾らないナマの姿というか、裸でいられるから、とにかく落ち着くわけです。

九月の月間賞「うちの風呂癒やしの旅の疲れとる」は、そんなわが家のありがたさを上手に描き出しています。湯船につかった作者の「ああーシ・ア・ワ・セ――」「やっぱり家がええ」といった声が聞こえてきそうです。

ところで作句上のヒントを一つ。建前を描いて本音で落とすという手法です。

旅と言っても何かと疲れる。人目もあるので、裸にはなりきれない。その建前の世界を、わが家ならOKの本音で落としたのが月間賞の句ですね。九月の作品では「フラダンス手の先だけが波に乗り」にも感心しました。抜群の描写力です。

近藤流川柳教室 第2回

水野——さて、みなさん。初歩からの「近藤流川柳教室」、第2回の開講です。初めての方も、ぜひぜひ挑戦してみてください。近藤師範改めてよろしくお願いいたします。

近藤——こちらこそ、よろしく。

水野——前回だけでもね、たくさんの方が「やる気になったよ」という声をくださいました。ラジオネーム「タマイミチコ」さん。「今の世はまさかまたかのくり返し」。初めてですって。

近藤——十七音にまとまってますね。けっこうですよ。十七音にまとめるというのは、十七音で遊ぶということなんですね。

水野——あ、遊ぶということ。

近藤——十七音にまとめる喜び。その工夫。これが川柳の醍醐味なんでして。ただし、だからといって絶対五七五じゃなかったらダメなのか、字余りというのは認められないのかってことなんですが、たとえば上の句は五音ですね、普通は。

でも、ここのところだけは六音になったり七音になってもまあええか、と。

水野――上の句は許されるんですか？

近藤――割合、許されるんです。ですから、うまく五七五に合わないときは上の句へちょっと回そうか、とか考えてほしいんですね。

水野――じゃあ近藤さん、さっき経済コーナー担当の山中アナウンサーが作った一句があるんです。「五分でも毎日聞けば経済通」と。

近藤――はい。「経済通」というのが字余り、はみ出てます。

水野――やっぱり「けいざいつう」は六つになりますの？

近藤――なりますね。だからそういうのは最初に回して、上《かみ》と下《しも》をひっくり返すとかね。

水野――最初に「経済通毎日聞けば五分でも」。

近藤――そうそう。

水野――これやったらいけるんですね？

近藤――それでいけるんです。

水野――あ、ちょっとしたことだわ。

近藤――そういうことはひとつのテクニックとして覚えておいてほしい。でも、真ん中が八音になる「中八」と言うのは許されませんね。リズムが崩れるんです。たとえば野谷《のや》竹路《たけじ》氏の『川柳の作り方』という本の添削例に出てますが、「上役のカラオケ耳栓はめて聞き」とありますよね。「カラオケ耳栓」は八音です。で、「はめて聞き」というのは、耳栓ははめて聞くもんだから、「言葉がここでダブってるぞ」と気がついたら、「上役のカラオケに要る耳の栓」にすると五七五に変わる。言葉の重複をなくせば、八音を七音にすることも可能なわけです。

　それとですね、やっぱり川柳っていうのは説明でも報告でもないということなんです。あるいは自分の主張、スローガンでもない。場面をいかに描き出すか。ここに喜びを覚えてほしいんです。いっときヨン様がえらく騒がれたときに、こういう川柳がありました。「出たっきり妻ヨン様で今日も留守」。

水野——ありましたね。

近藤——そういうときにね、サラリーマン川柳でこういう川柳もありました。「ヨン様か俺は我が家でよそ様さ」。最初の「出たっきり妻ヨン様で今日も留守」というと、要するにその家の説明、報告だと思ったんですね。サラリーマン川柳の「ヨン様か俺は我が家でよそ様さ」も、そのよそ様の姿があんまり浮かんでこない。

そこでぼくは考えたんです。「ヨン様でおでんカレーの日が続き」と。こう詠むと、奥さんが「ヨン様ヨン様」と家をあけるために、おでんとカレーをご主人に作ってくれてる、と。これだとお父さんのなんとなくわびしげな姿が浮かぶじゃないですか。

水野――具体的なものが出てきたら、パッと場面が浮かんできますね。

近藤――阪神タイガースのときにトラのマークの商品がいっぱい出ました。「便座までトラのマークで売り出され」というふうに川柳を作ったら、これはいわゆる報告です。

水野――これも報告?

近藤――だけど、毎日放送のリスナーの方が「便座までトラのマークで落ち着かず」と投句してきた。

水野――ああ!

近藤――「落ち着かず」ときたら自分の世界です。これは十七音に収めて、すごく世界がふくらんでいますよね。というぐあいに、自分の世界で場面を浮かび上がらせる。「なぜ太る同じ食事で妻だけが」。サラリーマン川柳ですが、かなりふくらみますね、これは。

水野――ねえ。

近藤――もうひとつね、「厚化粧顔と首とが別の人」。これは綾小路きみまろ作だったかな。

水野――うまいなあ。

近藤――きみまろさんが誰かを見て詠んだ句でしょうか。これを自分の句にしてみる。「厚化粧しても首には年のしわ」と。こうきたら自分の世界の句です。

水野――本当。自分の感情が出てますね。

近藤――「近藤流健康川柳」ではできるだけ自分の句にしてほしい。自分自身の世界を詠んでほしい。「便座までトラのマークで落ち着かず」。これです。最高ですね。もちろん見た目でひねる客観句もよろしい。そこから始めてくださってけっこう。できれば自分自身の句にしていただきたいというところで、二回目の「近藤流川柳教室」の講義を終わらせていただきます。

第3章 秋

［十月の月間賞］

薬もう俺飲んだかと夫聞く

あさぼらけ

多くの方がボケを意識するのは、有名人の名前が出てこないあたりからでしょうか。顔の情報（画像）は右脳、名前の情報（文字）は左脳だから、双方の回路がつながれば顔と名前が一致します。が、顔の情報は名前の情報より多いのでうまくつながらず、顔はわかるのに名前は？　となるのですね。そのうち惚《ほ》れた奥さんの名前も惚《ぼ》けて忘れてしまうと……これは一騒動起きそうですね。

一日中ぼやいた母はよく食べる
歌坂彰

手帳見る予定あるある幸せを
井口豊

どの薬効きましたかと医者が聞く
熊沢政幸

誰に会う予定はないが化粧する
辰巳和子

百歳の笑顔でわかる健康法

山下小町

その内になんとかなると先《ま》ずは寝る

寺田稔

道の端《は》の萩の花よけ歩く朝

大浜賀代

元気村使い走りの六十歳

松本利博

お見舞いのかえり禁煙決意する
元のぎしふみちゃん

病名の多きが主役同期会
和本清

このところ黙って探す置き忘れ
鈴木登久子

頭上見て人生の秋思い知り
然心爛漫

この話言うたか訊《き》いてから喋《しゃべ》る
邪素民

欠けた歯をマイクでかくし演歌道《みち》
有馬繁

健康が子孝行と思いしる
山縣淑美

また来ると墓に手を振りお参りす
福井恵子

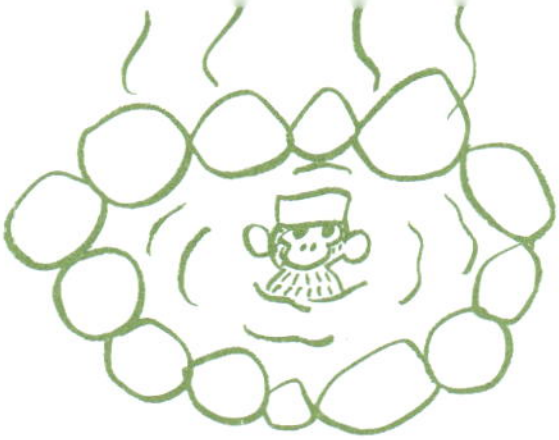

大惚《ぼ》けと小惚けがあると聞かされる
酒みちる

点滴を仲良く連れて談話室
西郷隆雄

露天風呂首までどっぷり秋の風
上山計

ボケボケと言い合い笑う日々の仲
井川公五

日々局へ川柳出しに徒歩千歩

半人半児

新米はやっぱり旨《うま》い孫が言う

上原昭彦

わたくしに暖かいのは便座だけ？

宮林重夫

太極拳見てるつま先少し浮き

きよつぐ

ほっかほか日向《ひなた》のにおい抱いて寝る

竹内和子

笑ったらかわいい言われよく笑う

吉田エミ子

九十年生きた重みの独り言

寺井柳童

お母ちゃんきのうも去年も「こないだなぁ」

松本久美子

眼科医の人差し指に妻は「一《いち》」

グレート・バンブー

まあええか曲がりなりにも生きてたら

然心爛漫

退院のやっと自分の影を踏む

胡内敏雄

腰痛をゴキブリ退治忘れさせ

田中義人

笑ったらどこかに消えたいやな事

和泉雄幸

同窓会いくつになったと年聞かれ

増石民子

毛に望み持てぬ家系と式で知り

西夕陽

✳選者から～十月の優秀句を振り返って✳

ペンとメモを忘れずに

十月は次の通り「ボケ」がらみの秀句が目立ちました。

「薬もう俺飲んだかと夫聞く」
「この話言うたか訊《き》いてから喋《しゃべ》る」
「ボケボケと言い合い笑う日々の中」

……これらのうち最初の「薬もう――」を採らせていただきました。

これによく似た話を最近耳にしたことがあります。

薬を飲んだかどうか、奥さんに聞いてもわからない。ご主人、ついに袋から薬を全部取り出して数え始めたそうです。

月間賞の句にはどこかトボケた味わいもあります。奥さんとの関係ではボケとツッコミの間柄のようにも思えてきます。

選者としてちょっと心配なのは、さらにボケが進んでせっかく浮かんだ一句が思い出せなくなることです。風呂、トイレ、寝床では良い句がよく浮かびます。ところがペンもメモ用紙もない。そのときは覚えていても、あとで「えーと、えーと」となる。ボケ防止で始めた川柳がぽかっと消えたりしては、何とも口惜しいではないですか。

［十一月の月間賞］

今朝もまた頭皮をたたく音がする

藤田敬子

正岡子規の「柿くへば鐘が鳴るなり法隆寺」の句も、鐘の音を耳にした時の間とともに味わってこその名句ですよね。川柳だって〝音入り〟の句は間の世界で味わいたいものです。後日、作者からいただいた月間賞へのお礼に、こんなことが書かれていました。「現在の生活が穏やかなんやって気付かされました」。音と間の安穏ですね。

歩いたら歩いただけの秋がある

西沢喜文

頑張れと言われないのも淋《さび》しいね

岡宏明

「元気よ」と応え会話がはずまない

てぬきうどんの女

振り向くな老いには老いの夢がある

真砂博

一言うと百ほど返す妻元気

清水明郎

病人はだれも主役と思ってる

田原安子

よう痩《や》せたわたしやのうて日めくりが

勝部一久

夫婦《ちわ》喧嘩《げんか》仲をとりもつ貼り薬

中岡美代子

妻を目に人混み進む右左　井川公五

言ったこと忘れ言われたこと記憶　吉田エミ子

腰痛の夫は届かぬ棚の菓子　大塚優子

女房が飛び立って行く三回忌　邪素民

来年も生きるつもりの衣替え

昌ちゃん

三歩前歩いたわしが今後ろ

岡宏明

階段を利用したいと足が言う

三木博之

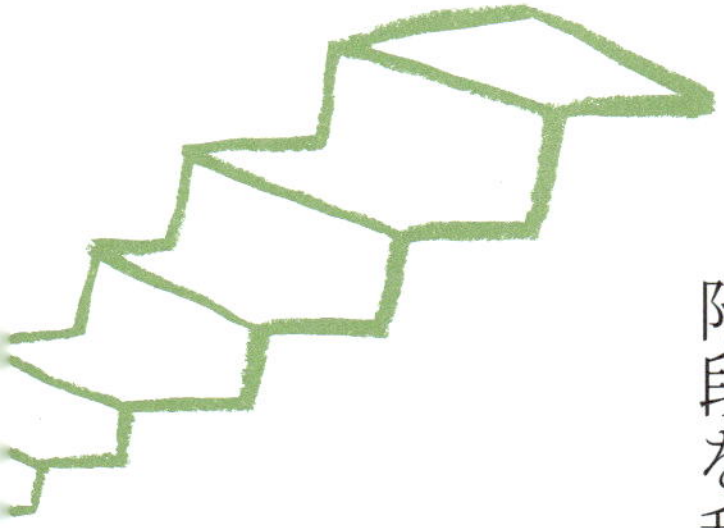

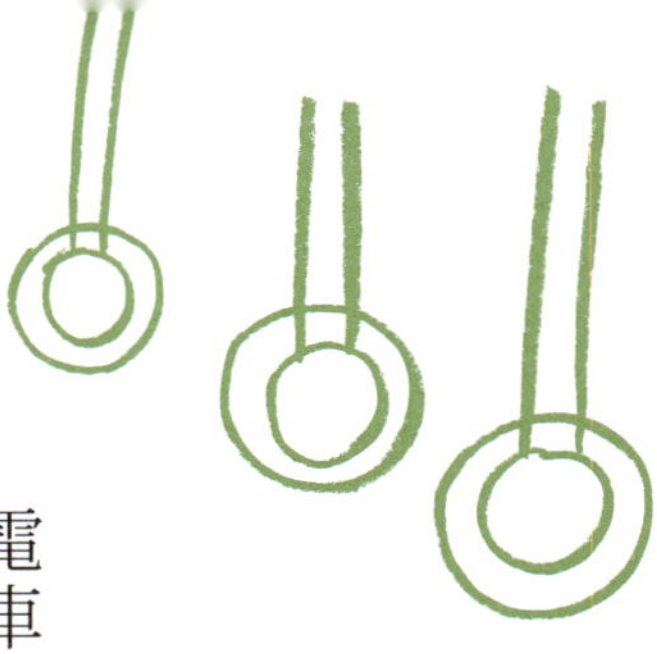

電車なか席をゆずられえっ私

増石民子

歩いたら昨夜の喧嘩《けんか》忘れ去り

和泉雄幸

愚痴《ぐち》を聞き孫をほめれば帰る友

吉川建子

生きている証に賀状出しておく

坂裕之

酒タバコ元気に育つ成人病

ウオーターメロン

治らぬか六十過ぎても軟派癖

松本利博

健康を買うてる阿呆《あほう》に売る阿呆

加川靖鬼

なっとうにオクラトロロにあごよわる

健康おばさん

お口では勝てぬ妻への置き手紙

和泉雄幸

銭湯で手術の跡の見せ比べ

高尾和人

ただいまぁ連れてきたでぇ冬将軍

長浜信浩

気分よく酔わせてくれる聞き上手

辰巳和子

信じないでも読んでいる今日占い

北尾巍

神仏も病魔に勝てずイナオサマ

西田いちお

お互いに慰め合って別れ際

浜本泰子

とりあえず百まで生きる算段し

松本利博

風呂場からナツメロ聞こえ妻元気

千葉たけし

向き合って朝茶をにぎる寒さかな

寿美久良よしお

✻選者から～十一月の優秀句を振り返って✻

“音入り”がいい

〝音入り〟のいい川柳に出合いたいという思いがやっとかないました。十一月の月間賞「今朝もまた頭皮をたたく音がする」の音は、一般の生活音ではないものの、朝の情景とともにさりげなく詠み込まれていて微笑を誘います。

以下は想像ですが、作者の奥さんは台所にいる。耳に届くのはまず小鳥の鳴き声でしょう。やがて湯の沸く音がする。野菜をきざむ包丁をとめると、洗面所のほうからいつもの音がする。夫が頭皮を刺激せんとたたく音です。ここにはほんのわずかな間があります。間隙《かんげき》を縫って聞こえてくるその音に、奥さんは何を思ったか。それは明らかではないのですが、この句に漂う温かみのあるユーモアから察しがつきます。夫の努力に、奥さんはいじらしい感情を覚えているはずです。

川柳に限らず、多くの表現は、目、すなわち視覚に支配されています。その傾向は視覚型文化がはびこるにつれ顕著になっています。なおのこと音の表現にひかれるわけですね。

注意して聞く物音もあれば、自然に耳に入ってくる物音もあります。この句の場合は後者だと思えるのは、軽妙で、てらいのない作風のせいでしょうか。感じるまま味わってください。ふっと笑えることでしょう。生活があって、穏やかな朝の時間があって、いいなあ、この句は。

［十二月の月間賞］［〇七年健康川柳大賞］

私には見せぬ笑顔を犬に向け

岡本裕子

誰かを愛したいという思いは誰にもあるものです。ですが、男、とりわけお父さんは身近なところでのコミュニケーションが下手。言葉が障壁となって上手に愛情表現ができません。でも、犬ならOK。無口同士、気も合います。笑顔だってこぼれます。奥さん、ご主人のそこのところ、わかってあげてくださいね。

聞き役に徹してカニを満腹に

西郷隆雄

仲間には「ちょい悪じじ」と呼ばれてる

真砂博

団らんの輪に寝たきりの母も入れ

西田いちお

適当な患い述べて仲間入り

大矢伸

百薬に優る口癖「ありがとう」

徳留節

告げられた病目につく紙面かな

小田政枝

けんか後のあんたの湿布叩《たた》き貼《は》り

毎日秋

メタボ人太っ腹とは限らない

酒みちる

老いてなおつやつやしたい鏡拭《ふ》く

森脇政二郎

退屈のしのぎにちょうどいい夫

吉田エミ子

腕立ては孫に乗られて伏せたまま

三宅一歩

不健康隠し元気な年賀状

岡宏明

声を出せ出せば必ずすっとする

和泉雄幸

何事も無かったように年の暮れ

てぬきうどんの女

薬より温《ぬく》い言葉が効く病

成瀬恵伊子

幸せの数だけ数えまた明日

かー子

同病の人は他人と思えない

真砂博

忘年会せんでええほどもの忘れ

中口信夫

久し振り妻の手にぎるキズテープ

堀美佐子

今度こそタバコやめるに妻無言

熊沢政幸

忘年会去年もここからつまづいた

山本光雄

こわもてが立ち読みしてる健康誌

竹川正訓

口だけが達者になって退院し

溝畑陽子

気を腰に介護の母を抱き上げる

門村幸子

病院の三つ星査定患者する

田原勝弘

ゴミ出しを念押し妻は空の旅

福井恵子

物置は健康器具の歴史館

中野晶平

日溜《ひだ》まりは冬の話の花畑

西沢喜文

健康を伝える手書きの年賀状

中野裕行

夫の気配耳そばだてるふてねの日

大島裕子

団欒《だんらん》も言葉ひとつで貝になる

納庄真佐子

なるほどと孫の屁理屈聞いてやり

高田久子

＊選者から〜十二月の優秀句を振り返って＊

脇役の犬がいい

川柳の分野に「犬・猫川柳」があると思います。

ぼくはTBSラジオの番組でも川柳の選者をやらせてもらっていますが、以前こんな川柳を女性からいただきました。

「なあお前よろこび悩み猫に言い」

以来、この川柳が頭にすみつき、犬や猫を詠んだ秀作を心待ちにするようになりました。

健康川柳の中にも、これまで何句かありましたよ。

「元気かと老いぼれ犬が上目にて」

「亡き犬の友をたずねるウォーキング」

などが記憶にあります。

さて十二月の月間賞はその「犬・猫川柳」です。

「私には見せぬ笑顔を犬に向け」

この句のいいのは、夫婦の間で犬が、実に重要な脇役を演じていることです。

作者自身と犬や猫といった関係の川柳はよくありますが、こういう場面を詠み込んだ句は珍しい。奥さんの胸中は……といろいろ想像をかきたてます。日常のひとコマがワン君の存在で大きくふくらんでくる感じもいいですね。

犬が慕ってくる姿に男は弱いものです。飲んで遅く帰っても犬だけが玄関先でしっぽをふって飛びついてくれる。ご主人の笑顔もそれに応えたものでしょう。

近藤流川柳教室 第3回

水野――さて、みなさん。「近藤流川柳教室」第3回です。教室が始まってから、リスナーのみなさんにはいろいろなお手紙をいただいてます。ラジオネーム「レモン」さんはこんなふうに言ってくださってます。「せっかくの教え毎日忘れ去る」。そうなんですよ（笑）。さあ、近藤師範です。

近藤――はいはい。

水野――まず一回目教えてもろたのが五七五の数え方。間違えんように数えましょう。そして二回目は、どうしてもこれ、説明したり報告したりになりがちなんやね。で、スローガンになったりもするから、自分の感情を上手に入れ込んで一句詠みましょう、と。

近藤――そうですね。場面が浮かぶようにね。

水野――でね、今日はですね、ご質問いただきました。「ヨウ君のパパ」からでございます。「私も川柳初心者なんですけれどもね、川柳に大阪弁とか方言が入ってもよろしいんですか?」。どうでしょう?

近藤――ぼくは大阪弁、大賛成ですね。

水野――大賛成。

近藤――大阪は昔から、泣いてる暇があったら笑うてこまして生きよやないか、です。藤山寛美さんがよう中座《なかざ》にかけてました。「笑わなしゃあない年の暮れ」。笑いと風刺の文化を大阪は持ってるんですね。それを支えているのが大阪弁。大阪の人がこの大阪弁を生かさずしてなんの五七五か、と思ってるぐらいでしてね。『大阪弁川柳』の本が以前出てましたが、「命までかけた女てこれかいな」。「これかいな」のツッコミがよろしい。ボケとツッコミ、やっぱ大阪弁は効くんです。

水野――「これかいな」、ああ、うまいこと五音ですね。

近藤――まけてえな、かんにんな、ごめんやす、あきまへん、アホかいな、まかしとき……いっぱいあります。川柳はぼくらの胸の内にある思いをポーンと出すところから始まるんです。内田百閒《うちだひやっけん》さんっていう作家が、「俳句には境涯というものがあって、そこをのぞかせればいいんだが、川柳というやつは生活の割れ間から飛び出して来る」と。そして「俳句より八百倍難しい」とも。この八百倍言うのは、嘘だと思いますがね。

水野――嘘八百ですか（笑）。

近藤――まあ、生活の割れ間からポーンと飛び出した思い。これはですね、「なんやねん」、「あほかいな」、「そらないで」といった大阪弁と一緒に飛び出てくるもので、上の句に持ってきても下の句に持ってきてもいいんですよ。

水野――なんやねん、あほかいな……。

近藤――「まだかいな妻の化粧にクラクション」。

水野――ああ、「まだかいな」がついたらええ感じですね。

近藤――「又かいなと大阪城を案内し」。これは昔からある大阪の代表的な川柳です。最初のクラクションはぼくの句ですけど。西川ヘレンさんだったかな。「だいなしや違法駐車の御堂筋」。成瀬國晴氏がたしか詠んでましたよ。「アホちゃうか値切りもせんと買うお客」。

水野――大阪ですねえ。

近藤――そうそうそれで思い出しました。二〇〇三年だったですか、ぼくが毎日放送で川柳道場をやらせていただいたときに、阪神が優勝した。そのときに水野さん、もうシーズンの最初のほうから「心配や勝てば勝ったで心配や」というたトラ川柳がありましてね。「どないしょうこのままいったらどないしょう」とか。これ六月ごろの川柳ですよ。

水野――いいな。でもこれね、どこのチームのファンの人って聞かんでもわかるとこがすごいね、また。

近藤――そうですねえ。

近藤――これが「どうしよう」になると、東京ふうのちょっときどった川柳になってしまう。大阪弁そのものだと、実感が出ます。「勝った日はビールにしてよお母ちゃん」。

水野――で、あったかい。

近藤――そう、あったかい。あったかい言葉が通い合う。その言葉に笑いと風刺を乗せる。自分の転んだりすべったりするさまも乗せやすいのが関西弁、とりわけ大阪弁なんです。大阪に生まれた方は得ですよ、川柳を作るうえでは。

水野――ねえ。五音がいっぱいありますもんね。

近藤――いっぱいある。書き出してみて、「今日は『なんやねん』でいきまひょか」

とか「今日は『あほかいな』でいったろか」とか。いいんじゃないですか。
いやホンマ。

第4章 冬

［一月の月間賞］

医者よりもテレビの話祖母信じ

田原勝弘

健康川柳の最初の月間賞が「おもいっきりガッテンしてもすぐ忘れ」でした。この月もテレビの影響力の大きさをうかがわせる一句です。このおばあちゃんのおっしゃるテレビの話も、みのもんたさんかかな？

旧姓で呼ばれてときめき蘇《よみがえ》り

松本利博

「やかましい」言えばピタッと止む鼾《いびき》

寺田稔

あの人がストレスあると言う不思議

邪素民

いつ帰る言われた俺が今は言い

西脇久

この痛み生きてる証しと言い聞かせ

胡内敏雄

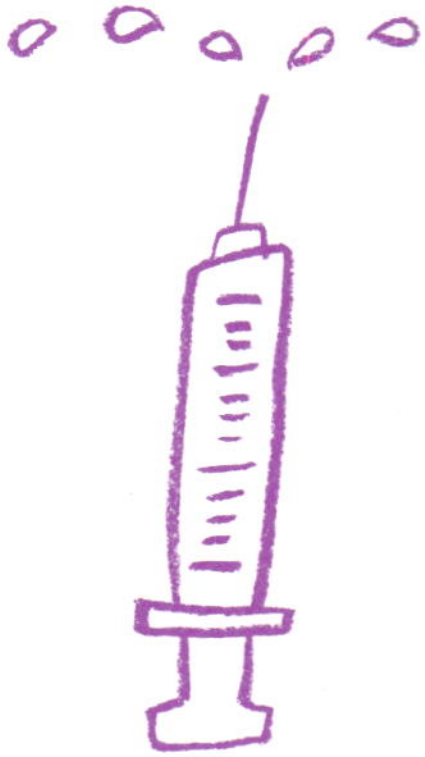

おみくじは健康運から先に読む

中野裕行

めいっぱいおしゃれをしてのマスクかけ

大島裕子

行き先の名は忘れたが足が知る

鈴木登久子

近眼も老眼になると知った朝

東谷日出男

会う度に「生きとったか」と笑う友

真砂博

譲られて更に上来て譲る席

きよつぐ

まごわらうじじばばわらうみなわらう

上田千鶴子

健康法正反対の事言われ

吉田エミ子

ご近所で顔を見せぬと案じられ

田平力

旧姓で来たる賀状にドキッとす

竹内麗子

花に水犬猫に餌妻に愛

寝済み小僧

救急車行く先あるかまずは聞き

熊沢政幸

鏡見てなぜ太ったと怒鳴ってる

徳留節

診察の医者が欠伸《あくび》でひと安心

松本利博

背伸びして洗たく物で筋のばす

吉田要子

二日酔い目覚し代わり株価見る

然心爛漫

このイビキ1人じゃないと教えてる

あさぼらけ

「もの忘れ外来」行って忘れもの

邪素民

性格もシッコも静かになった俺

ひぐらし

誰もまだ見たことのない年明ける

西田いちお

謹厳がゆるキャラになる定年後
安川修司

予報士のように昨日は忘れとこ
きよつぐ

祈る事思い浮かばぬ有り難さ
久保進

大笑い心のシワとれすっきりし
鈴木登久子

「ごめんね」とその一言で和むのに

中岡美代子

悩み事ないかのごとく笑う嫁

和泉雄幸

寝る前にやっと出た句が朝に消え

ゆさみ大明神

＊選者から～一月の優秀句を振り返って＊

医者いらずの道場に

テレビをつければ出てくるみのもんたさん。以前「おもいッきりテレビ」という番組で、こんなことを言って、視聴者を右往左往させていました。

「一日一杯のココア、一日五粒のらっきょう。みんな知ってます」

とりわけみのさんに弱いのはおばあさんです。みのさん、「お嬢さん」などと呼ぶので、おばあさんも「あらー」と悪い気がしない。そのせいかどうか、ＴＢＳのラジオ川柳でこんな句がありました。

「みのさんの言うことはきく頑固者」

そしてみのさん、そういうぐあいに人を引きつけておいて、また別の日、別メニューをすすめる。ぼくが選者をやっていた「まいにちライフ」の「川柳養生訓」ではこんな句もありました。

「今日もまた別のを食えとみのもんた」

といって、みのさんの番組を批判しているのではありません。ああも言い、こうも言うのが健康番組です。視聴者はすぐガッテンせず、情報を選択すればいいわけですが……現実には一月の月間賞「医者よりもテレビの話祖母信じ」のようなことも起きます。医師を登場させた句では、「診察の医者が欠伸《あくび》でひと安心」もよかったですよ。

今後も健康川柳の場が医者いらずの健康道場となることを願っています。

〔二月の月間賞〕

体験が体験だけに終わる俺

和泉雄幸

この句には、体験が体験だけで終わることを知るのも体験ゆえの気付きだという、そんな含意があるかもしれません。いずれにしてもこの月間賞の受賞体験が、この作者にどんな影響を与えるのか、興味深いところです。

風邪引きの声をきかずにすむメール

住野次郎

春が来た目に来た鼻と喉《のど》に来た

真砂博

「よっこらしょ」言えば元気が出るような

太田本一

どうしよう医師に言われてどうしよう

黒田実

顔洗いついでに笑顔見ておくか

風幻

三日たち忘れて書けぬ日記帳

和泉雄幸

目覚めたら曜日と月日そっと言い

かあさん

メタボ術情報だけがてんこ盛り

ゆうさん

川柳と天気だけ書く日記帳

田尾暉年

妻の愚痴気にならない日気になる日

前田耕一

この寒さ冬限定だ楽しもう

大鳥健二

肩揉《も》んで気丈の母の本音聞く

きよつぐ

雪だるまおまえもお腹が残るのか

林檎まるかじり

父母は暑さ寒さに文句なし

久野まり子

一つ家で風邪もうつらぬ熟年期

南政義

春よ来い嫁が動かん早く来い

山本光雄

逝く順番勝手に決めている夫

渡辺礼子

ウガイする好きな演歌の節つけて

東谷日出男

老いてきた主治医の体心配だ
田尾暉年

手術後の人の話の大袈裟《おおげさ》さ
松本利博

長生きはしたくはないが死にともなし
邪素民

人生に待ったの一手使えぬか
西脇久

順調に米が減りますみな元気

門村幸子

思いきり叩《たた》いてくれと孫へ肩

西田いちお

「頑張れ」に批判あるけどいい言葉

半人半児

夏がいい夏になったら冬がいい

てぬきうどんの女

お若いと若々しいはちと違う

徳留節

誕生日理髪店より知らされる

宇都宮正倫

客帰り夫婦喧嘩《げんか》の続きする

西郷隆雄

医者よりも孫に言わせて妻ニヤリ

中口信夫

日めくりがいつも遅れる定年後

山村新太郎

酔うほどに割り箸《ばし》マイク青春歌

瀬川千衣子

＊選者から〜二月の優秀句を振り返って＊

川柳も「体験×意欲」

脳科学者の茂木健一郎氏によると、創造性というのは「体験×意欲」なのだそうです。以前、ラジオ番組でご一緒した時にうかがったもので、体験をつんだ年長者の場合は意欲が問題です、とも話しておられました。

遺伝子の研究で知られる筑波大学名誉教授の村上和雄先生は、新しいことへの挑戦で眠れる遺伝子が目覚めれば、可能性は大きく開ける、とよくおっしゃっています。これなども体験と意欲に通じる話でしょう。

さて、二月の月間賞「体験が体験だけに終わる俺」は体験が生かされていない「俺」を詠んだ作品です。こうした自分へのツッコミの句というのは、何か共感を覚えるところがあり、微苦笑とともに選ばせていただきました。

投句数はだんだんと右肩上がりで増えています。そのぶん賞レースも激烈ですが、あなたならではの人生体験に意欲を掛けて、五・七・五を創作してください。

［三月の月間賞］

豊満と肥満の境紙一重

東谷日出男

みなさんにお尋ねします。ルノワールが描く裸婦は豊満？　それとも肥満？　見ようによっては白い三段腹の立派なメタボの女性もいるのですが、ルノワールの心をとらえたのですから、やはり豊満？

若僧と思った医師に腹切られ

宮田清彦

もう取れぬ愛想笑いの笑い皺《じわ》

竹川正訓

「久し振り」そのあと違う名で呼ばれ

熊沢政幸

この齢で妻を女とみる健康

安達肇

浮気でも一事不再理だったらな

田中良典

忘れたらいいよなことは覚えてる

邪素民

同級生歳《とし》の数には格差なく

松本利博

紙袋中へ愚痴入れパンと割る

熊沢政幸

喜寿米寿歌うカラオケ世話は古希

きよつぐ

怒れなくなった自分に腹が立ち

和泉雄幸

見習うか傘寿の人のドック入り

勝部泰臣

妻寝言よくよく聞けば腹へった

コルボ

無二の友格子戸ガラリ「生きてるか」

竹内静子

ヘルシーと聞けば過食のクセが出る

田中義人

笑い皺《じわ》みんなアナタのプレゼント

前田耕一

見納めと言った桜をまた見てる

胡内敏雄

妻不在喋《しゃべ》る相手は猫二匹

辻仁

叱《しか》るより叱られること多くなり

上原昭彦

「ホンマや」と見知らぬ人の句に共感

てぬきうどんの女

無理するな言って無理強《じ》いする夫

吉田エミ子

映画観て泣いてる自分大好きや

中野裕行

寝る頃にやっと名前を思い出す

田尾暉年

どこへ行く俺も一緒に連れてって

石井治

売り言葉まだまだ買える私です

藤田敬子

何したか思い出せない筋肉痛

上木久美子

鏡見て愛嬌《あいきょう》振りまく妻を見る

あさぼらけ

春風に昨日の愚痴も乗せてやり

佐伯恵美子

訃《ふ》報《ほう》欄見知らぬ人の歳《とし》を見る

上原昭彦

病室に寡黙な夫二度も来る

大前規代

どこそこが痛い痛いと口グセに

福西信明

この歳で裸婦の絵にまだ沸く興味

西田いちお

鏡見て「やばいやばい」と嫁が言う

和泉雄幸

歳ですと謙遜《けんそん》したらうなずかれ

あらきみやこ

ありがとう五文字で取れる角がある

井村僂

＊選者から〜三月の優秀句を振り返って＊

紙一重の差

長年、川柳の選者をやっていると、女性の作か、男性の作か、およその見当はつきます。

三月の月間大賞「豊満と肥満の境紙一重」は、典型的な男性目線の句です。

かつてグラマーなる言葉がはやりました。この言葉を思い起こすだけで、豊かな肉体とともに、性的魅力をふりまいた女優が何人か思い浮かびます。グラマーも男性目線の表現でした。

以前、「ふくよかと褒められ止めたダイエット」という作品がありました。その句に接して、なるほど、女性には言葉一つが決定的な意味を持つのだな、と大いに学ばせてもらいました。

四月からのメタボ健診が何かと話題になっています。男性諸氏が体重を嘆く恋人や奥さんに何とこたえるか。案外、大きな意味を持ちそうですね。

月間賞の句と「妻寝言よくよく聞けば腹へった」とは紙一重の差でした。

近藤流川柳教室 第4回

水野——近藤さん、ほんまに大反響ですよ。

近藤——そうですか？

水野——ええ。「初めてやります」いう方が、もういっぱいです。「タジリセツコ」さんもね、「基本から教えてくれて、ほんまにありがとうございます」と。「一日一句実行したいと思ってますけど、やっぱり披露する場がないと作る喜びわかないんで、この番組に出合えてよかった」と言ってくださっております。他にも、「朝からMBSファン」さん。「朝一番トイレの中でも五七五」、ね。みなさんの生活、変わったらしいんですよ。「ラブラブしんちゃん」は、「一句出ず遅れてごめん朝ごはん」。仕度してられへんやんか。「トキノドン」さんは、「川柳で指折り出勤足止まり」。出勤の足止まる。そんな新人やというみなさんに対抗して、また常連さんもくれはりました。「ヒマワリハハ」さんの一句でございます。「常連も焦る素直なその一句」。

近藤——なるほど。

水野——たしかに。でね、こちらの方、「アルテイシア」さんからは「俳句と川柳っちゅうのは、どう違うんですか？」というようなご質問、くださってるんですよ。

近藤——ともに座（共同体）で作る俳諧連歌《はいかいれんが》から生まれた兄弟なんですよ。

水野——兄弟？

近藤——ええ。兄弟文芸です。というのは、日本は昔から誰かが和歌の上句（五七五）を詠んだら下句（七七）を別の人が詠んで、かわるがわる唱和して繰り返すといった連歌の歴史を持ってます。それで江戸時代、ひとつの遊びとして、メインゲスト（主客）が最初の五七五を詠む。これを発句《ほっく》と言うんです。

水野——発句って「発する」って書きますね。句を発する、「発句」。

近藤——そうですね。で、またその次の人が七七を付けるわけです。五七五の次の七七。で、また次の人が五七五を付けるわけです。こういう遊びを松尾芭蕉なんかも盛んにやっていたんですね。芭蕉がメインゲストなら第一句を詠むわけです。それで、もともと最初の句ですから季節を詠み込む決まりにしていたようで、これが俳句になっていくんですね。俳句という名前は正岡子規が明治になって座で作る合作より個々の文芸を、と最初の句を独り立ちさせて名付けたものです。

水野――あ、正岡子規さんが「俳句」と？

近藤――ええ。それで川柳ですが、簡単に説明しますと、先に俳句のところで「七七を付ける」とか「五七五を付ける」といった言い方をしましたが、そういうぐあいに川柳は前句《まえく》に付けた付句《つけく》が独立したものなんです。

水野――前句に付けた付句？

近藤――よく紹介される句で説明しますと、たとえば「盗人をとらえてみれば我が子なり」という川柳は有名ですが、これは「切りたくもあり切りたくもなし」という前句に付けたもので、言ってみれば前句付《まえくづけ》が即ち川柳というわけなんですね。で、なんで川柳かというと、そういう付句を競う興行と言いますか、催しの際、応募のあった作品の評価、点数をつけてた点者に「川柳」という号、つまりペンネームを持ってた方がいた。「柄井八右衛門」という方です。それが文芸名になるわけですから、大変な人気点者だったと思われます。

水野――ペンネーム？　私ずっとなんで川柳やろう？　と。川の柳、柳のなんやろ？ってずっと思ってました。川柳さんがいはったんですか。

近藤――そうですね。住まいが川端で、川端の柳をもって号としたという説もあるようですが。それで先ほどの川柳と俳句の違いですが、そういう形で本当に兄弟なんですけども、俳句はそういうぐあいに季語があり、かつ「切れ字」と言われる「や・かな・けり」といった、言葉に余韻を持たせる一種の文語表現がありますね。

水野――切れ字？　うちのスタッフにちょっと痔の人いますねんけど。ごめんなさい。いや、ごめんなさい。そういう話じゃないですね。

近藤――中村草田男の「降る雪や明治は遠くなりにけり」とかね。

水野――「や」「けり」？

近藤――名句ですが、一句に切れ字が二つというのは中心点がぼやけて、俳句の基本からは外れている。でも、これだけの傑作となると、その効果がほどよく溶け合っていいんだとなるんでしょうか。ま、それはともかく川柳のほうは季語も関係なければ文語表現も関係ない。なんでも飲み込んでしまう大きさを持っているんですね。

水野――あ、フリースタイルですね。

近藤――そうですね。もう少し俳句と川柳の違いについて付け加えておきますと、自然をとおしてその向こうに人間を見つめているのが俳句であれば、川柳は人間の姿をとおしてそこに笑いとか風刺を求めているもんでしょうね。川柳は人間、俳句は自然と大きく区別できるんじゃないでしょうか。

そして人間を詠む川柳はそこに「穿《うが》ち」「おかしみ」「軽み」の三要素が入っていれば申し分ない。「穿ち」とは意外な側面から本質をえぐり出すことですね。「おかしみ」は滑稽《こっけい》な味です。「軽み」は軽妙な表現ですね。

で、ぼくが一番懸念するのは、というより正岡子規が言ってることなんですが、俳句なのに川柳のようであったり、川柳なのに俳句のようであったりといった中途半端な句が一番よくないと。「俳句にして川柳に近きは、俳句の拙なる者。若《も》し之《これ》を川柳とし見れば、更に拙なり。川柳にして俳句に近きは川柳の拙なる者。若し之を俳句とし見れば更に拙なり」――子規はそう言ってるんです。

ぼくはかねがね川柳というのは「それがどうした」と言われたら終わり。俳句はそう言われても平気なところに両者の違いがあると思っているんです。

九七年夏に他界された江國滋氏は『俳句とあそぶ法』という本で素人俳句ブームに火をつけたことでも知られていますが、その本で高浜虚子の「流れ行く大根の葉の早さかな」とか「遠山に日の当りたる枯野かな」といった代表句を挙げて、「それがどうした、といわれればそれまでである」と書きつつ、「俳句とは、つまりそういうものなのである。そのへんのところがわかっていない人間が、なぜ大根の葉でなきゃいけないのだ、人参の葉っぱでも同じことじゃないか、というようなことを口にしたがる。まあ、いいから、この句を二、三度読んでごらん。二、三度でわからなければ……」と読み返す必要性を説いています。でも川柳はね、水野さん、「それがどうした」と言われたら終わりですよ。

水野――ほう。一回でククッと笑わないと……。

近藤――笑いまで多少間はあってもいいんです。ぼくは間があるぐらいの句のほうがいいかもわかんないな、と思ってるんですけどね。ただね、「それがどうした」と言われたら辛い。たとえば小泉純一郎氏が首相当時、自民党の衆議院議員の奥さんを集めて一句詠みました。

水野――ありました。

近藤――あったでしょ？「家事育児冠婚葬祭寝る間なし」。

水野――「それがどうした」やね。

近藤――「それがどうした！」とぼくは思わず言ってしまったんですが（笑）。「家事育児冠婚葬祭寝る間なし」。それがどうしたですよ。俳句は「それがどうした」に深い味があったりしますけど。もっともこの句には、同じ代議士の妻たちには「そうそう、わかるわかる」の共感があったかもしれませんが、ぼくらには「それがどうした」ですよね。

水野――師範がさっきおっしゃったね、人間から見ていくんや、という意味でいうと、この方どうでしょう。初めて挑戦します、ということで、「歩き好きのテンコ」ちゃん。「こっそりと体重計を見る私」。

近藤――よろしいですよ、それ。それはもう、川柳の歴史の中で第三者の目で見る客観句もあれば、私自身の句もあります。ぼくは私自身の句に甘いんです。それ、いいなあって思うんです。

水野――そしてやっぱり阪神きましたなあ。ラジオネーム、「ソウ」さんでございます。

「十二回おもしろしんど甲子園」。

近藤——雰囲気がよく出てます。自分の思いが言葉になる。典型的な川柳でしょう。

水野——「カワラナデシコ」さんの一句もいかせていただきます。健康川柳。

「筋肉痛忘れた頃にやってくる」。

近藤——一日二日置いてくるよね。

水野——そう。年のせいでしょうか、だんだん遅れてきますなあ。

近藤——川柳ってのは多少のフィクションもありだと思ってるんです。ですから、わかりやすく伝えるっていうことを考えたときに、たとえばこれは『川柳の作り方』という本にある「門限が過ぎて帰宅の間の悪さ」という例句ですが、「門限が過ぎる帰宅は友を連れ」とすると、人間が出てくるでしょう？　人間が出ると、場面が浮かびます。そのほうがいいですよね。

あるいは時間の流れを順序立てて詠むというのもぼくはあんまり感心しないんですね。そうですね、これも先の本の例句を拝借しますと、

「ガスの火を止めて慌てる電話ベル」。

電話が鳴ったからガスの火を止める。時間の流れどおりですよね。そこを

「ガスの火を電話のベルが慌てさせ」と詠むと——。

水野 —— ああ、全然違う。

近藤 —— 順番どおり、時間どおりに詠むと、そのままで平凡になってくるんですね。それを自分の中で消化して表現すると句は一変します。一緒の世界でとらえるというだけでも雰囲気が変わってくるとかね。そこらあたりがいわゆる「ひねる」ということじゃないですか。

水野 —— そうか、それが「ひねる」っていうことなんだ。じゃあ一回自分で「できた」と思ったときに、ちょっと散歩でもしてきてですね、パッと眺めて「ちょっとここ変えてみたらどないなるかな」ともう一回ひねってみる。

近藤 —— そうそうそう、ひねってみる。

水野 —— いや近藤流川柳教室、私ものすごく勉強になりました。

特別コラム

水野アナウンサーが詠んだ三つの句に近藤師範が特別講義

❶ 銭湯で子ども数える「百」を待つ

水野さんからいただいた句の中で、この句の世界、好きですね。ぼくは選者であっても作者ではないので、感想程度の意見として聞いてもらいたいのですが、「銭湯で」と「子ども数える」がつながると、説明的になり過ぎると思います。自分の中の五感を大切にしてほしい。とくに耳の働きを重んじますと、

「銭湯に響く子どもの『百』を待ち」

「待つ」ではなく、連用形の「待ち」にすると、「百」をより意識したものになります。

❷ 同窓会毎週あればヤセられる

これは川柳のスタートです。もう一歩踏み込んでもらいたいですね。水野さんの思いをもっと出した方がいい。女子アナは同窓会では目立つ存在のはずです。「ヤセられる」では人ごとみたいです。

「女子アナの意地の減量クラス会」

こうすると、同窓会に臨む女子アナの意地が表現できますよ。

❸ あのころは勝負下着をつけてたなぁ

この句ですが、それがどうした！　という感じです。川柳は「それがどうした」では、だめなんです。たとえば、たんすを片づけていて、勝負下着が見つかったとします。

「勝負下着ケースの奥の夢の跡」

「用もない勝負下着がひっそりと」

これなら、水野さんの世界が出てきますよね。

近藤勝重師範と水野晶子アナウンサーによるラジオ生放送の様子。（毎日新聞社提供）

✳あとがきに代えて✳

毎日新聞大阪本社前編集局長　**藤原　健**

新聞記者の役割はニュースを追い、知られざる事実を発掘することに尽きる、と長い間信じ込んでいた。しかし、若い世代を中心に活字離れが進み、新聞を読む人が減ってきたという事態に、そうとばかりは言えなくなった。どうすればいいか。

この春まで毎日新聞大阪本社の編集局長だった私に、一年前の冬、知恵者がささやいた。「そりゃあ、健康をテーマにした川柳でっせ。近藤（勝重・毎日新聞専門編集委員）さんに相談してみましょう」分かりやすい紙面。論点が明確な紙面。こうした工夫を重ねることで新聞離れを食い止めたいと考えていた私にとって、その言葉は「啓示」となった。そや、役に立つ紙面。読者が楽しみにして待っていてくれる紙面。どうせやるなら、新聞の一面でアピールしよう。

近藤さんはその昔、事件記者としてならしていた。グリコ・森永事件では総括キャップとして、私の先生格だった。話はトントン拍子に進み、近藤さんが出演している毎日放送ラジオのスタッフも乗り気になった。

新聞と放送局が組んだ新しい試みは、当初の予想をはるかに超えた支持を得ることになる。増え続ける毎朝の投句を読むのが楽しくて仕方がなかった。二回開いた「健康川柳　感謝の集い」はいずれも大盛況だった。新聞がやるべきことは、まだまだある。笑いながら、「なるほど」と感心しながら、そんなことを強く感じた。

今回、こうして本としてまとめることができたのは、ひとえに読者・リスナーの健康への関心の高さ故である。「近藤流健康川柳」のますますの隆盛を期待している。

MBSアナウンサー　水野晶子

川柳って、人の一句を読んだりラジオで聴いたりすると、思わずプッと吹き出したり、ほろりときたり……。でも、いざ自分で作るとなると、才能の無さに嫌気がさしてしまう。あなたはそんなタイプですか？　私は、まさにそんなタイプです、とほほ。

でもね、いいんです、下手だって、字余りだって。健康川柳は楽しんじゃえば勝ち！

ダメモトで毎日放送ラジオにお送りください。私がマイクの前で、近藤師範と共にお待ちしています。「しあわせの五・七・五」（毎週土曜・朝五時からの三十分間）は皆さんの健康川柳が主役の番組です。まず川柳に挑戦する気になると、これまで頓着しなかった、身の回りの出来事が面白く見えてきます。目の前の人の心もいとおしく感じられます。だってすべてが川柳ネタをプレゼントしてくれる、ありがたい存在なんですもの！

二〇〇八年四月からは、「しあわせの五・七・五」番組サイトがオープンしました。番組の人気コーナーである「近藤流健康川柳道場」を公開していますので、ダウンロードしてお聴きいただけます（www.mbs1179.com/575）。MBSラジオが受信できない地域にお住まいの方は、ぜひアクセスしてみてください。

また、FAXや携帯メールでも、五七五を送っていただくことができます。

ＦＡＸ：０６‐６８０９‐９０９０　メールアドレス：575@mbs1179.com

ご自分の一句をラジオで聞き、新聞や本の活字で確かめて、笑い合ってまいりましょう。

近藤勝重
Katsushige Kondo
・
早稲田大学政治経済学部卒業後の一九六九年毎日新聞社に入社。論説委員、「サンデー毎日」編集長、毎日新聞夕刊編集長を歴任。現在、専門編集委員。ＴＢＳラジオ「荒川強啓デイ・キャッチ！」、ＭＢＳラジオ「しあわせの五・七・五」など、東西の番組に出演中の人気コメンテーター。毎日新聞（大阪）の人気企画「近藤流健康川柳」の選者を務めるなど、多彩な能力を様々なシーンで発揮している。著書に大人気シリーズ『一日一杯の読むスープ　しあわせの雑学』『一ミリのやさしさで世界が変わる　しあわせの雑学　希望編』『あなたの心に読むスープ　しあわせの雑学　笑顔編』、『大阪の常識 東京の非常識』『となりのハハハ』『話術いらずのコミュニケーション』など多数。

一日一句医者いらず　健康川柳

2008年 5 月25日　第1刷発行
2020年10月30日　第5刷発行

著　者　近藤勝重
発行者　見城 徹
発行所　株式会社 幻冬舎
〒151-0051　東京都渋谷区千駄ヶ谷4-9-7
電話　03-5411-6211（編集）
03-5411-6222（営業）
振替　00120-8-767643
印刷・製本所　図書印刷株式会社

検印廃止

ISBN978-4-344-01509-8 C0095
幻冬舎ホームページアドレス　https://www.gentosha.co.jp/

この本に関するご意見・ご感想をメールでお寄せいただく場合は、
comment@gentosha.co.jp まで。